la cour...

MW00965915

Les éditions la courte échelle inc.
Montréal • Toronto • Paris

Bertrand Gauthier

Bertrand Gauthier est le fondateur des éditions la courte échelle. Il a publié plusieurs livres pour enfants dont les séries *Zunik, Ani Croche* et *Les jumeaux Bulle*. Il a également publié deux romans pour adultes. C'est un adepte de la bonne forme physique. Selon lui, écrire est épuisant et il faut être en forme pour arriver à le faire. Mais avant tout, Bertrand Gauthier est un grand paresseux qui aime flâner. Aussi, il a appris à bien s'organiser. Pour avoir beaucoup... beaucoup de temps pour flâner.

Le *blabla des jumeaux* met en scène les jumeaux Bulle que l'on avait découverts dans *Pas fous, les jumeaux!* parus à la courte échelle.

Daniel Dumont

Daniel Dumont est né en 1959. Il a fait des études en design graphique. Il possède maintenant son bureau, Dumont, Gratton, où il exerce ses talents de graphiste et d'illustrateur. On peut retrouver ses illustrations dans plusieurs magazines dont *Châtelaine, Nuit blanche* et *Le bel âge* ainsi que dans des manuels scolaires et sur des affiches publicitaires. En 1988, son bureau a reçu le prix de l'Association des graphistes pour l'affiche de l'Orchestre symphonique de Montréal sur les Concerts Provigo Pops. En plus du dessin, il a une autre grande passion. C'est Lola, sa petite fille, qu'il adore même si elle ne fait pas partie d'un couple de jumeaux.

Le blabla des jumeaux est le premier roman qu'il illustre à la courte échelle.

À tous les jumeaux du monde
et à leurs parents

Les éditions la courte échelle inc.
5243, boul. Saint-Laurent
Montréal (Québec) H2T 1S4

Conception graphique:
Derome design inc.

Révision des textes:
Odette Lord

Dépôt légal, 1er trimestre 1989
Bibliothèque nationale du Québec

Données de catalogage avant publication (Canada)

Gauthier, Bertrand, 1945-

    Le blabla des jumeaux

    (Premier Roman; PR 5)
    Pour enfants à partir de 7 ans

    ISBN 2-89021-099-5

    I. Dumont, Daniel, l959-   . II. Titre. III. Collection.

PS8563.A97B52 1989   jC843'.54   C88-096535-5
PS9563.A97B52 1989
PZ23.G68B1 1989

Bertrand Gauthier

Le blabla des jumeaux

Illustrations
de Daniel Dumont

1
Pipi et Mimin

Dès le berceau, les jumeaux Bulle sont différents. Pas entre eux. Non, entre eux, ils sont pareils. Exactement pareils car ce sont des jumeaux identiques. C'est par rapport aux autres bébés que Bé et Dé sont différents.

En effet, quand la plupart des bébés émettent des balbutiements (c'est ainsi que l'on appelle les premières paroles d'une personne), nous entendons normalement un gnangnangnan.

Au lieu de cela, avec Bé et Dé, c'est un gningningnin qui nous perce les oreilles.

— Après tout, c'est seulement un i à la place d'un a, se rassure Pa. Une lettre qui en remplace une autre, il n'y a pas de quoi faire un drame. Et encore moins matière à nous inquiéter, Ma.

— Tu as bien raison, Pa. Gningningnin ou gnangnangnan, ce n'est pas ce qui compte. L'important, c'est que nos chers petits anges s'expriment.

Et les chers petits anges ne se gênent jamais pour exprimer à grands cris leur joie de vivre.

Ils n'ont pas besoin d'encoura-
gements additionnels pour le
faire.

À n'importe quelle heure du
jour ou de la nuit d'ailleurs.

Quelquefois, au grand déses-
poir de Pa et Ma qui aimeraient
bien dormir un peu.

Mais c'est ainsi: les bébés ont rarement les mêmes horaires que leurs parents. Surtout la nuit.

Il vaut mieux s'y faire.

Le temps continue à passer.

Et les jumeaux grandissent.

Un peu.

Bé et Dé commencent alors à prononcer des bouts de mots ou des bouts de phrases.

Penchés au-dessus de leurs lits, Pa et Ma ont bien hâte que les jumeaux crient leurs noms. Ils tentent de leur apprendre:

— Pa... pa... papa... ma... man... ma... ma... man... man...

Les jumeaux répètent:

— Pi... pi... pipi... mi... min... mi... mi... min... min...

Décidément, c'est une manie chez leurs jumeaux. Encore un i

à la place d'un a. Comme à l'époque du gningningnin. Si bien que Pa et Ma doivent se résigner à se faire appeler Pipi et Mimin pour quelque temps.

Ils continuent tout de même à vouloir leur apprendre quelques mots faciles à prononcer. Patiemment, ils disent à leurs jumeaux:

— Do... do... dodo... bo... bo... bobo...

Bé et Dé semblent écouter, puis ils répètent:

— De... de... dede... be... be... bebe...

Vraiment rien à faire.

Et en plus d'un i à la place d'un a, c'est maintenant un e à la place d'un o. Deux lettres qui en remplacent deux autres, c'est déjà plus compliqué. Mais tout de même pas encore dramatique.

Puis, les années passent.

Dans la conversation des jumeaux, tout semble redevenu normal. Les lettres de l'alphabet paraissent avoir repris leurs places normales à l'intérieur des mots.

Pa et Ma cessent donc de s'inquiéter.

Les jumeaux grandissent de plus en plus vite, vont à l'école et deviennent même d'excellents élèves.

Un peu distraits, mais intelligents et vifs.

Tout va donc pour le mieux.

Jusqu'au jour de leur huitième anniversaire de naissance.

Là, les choses semblent vouloir se compliquer.

Mais pourquoi donc?

2
Quelle langue parlent donc les jumeaux?

Aujourd'hui, c'est un grand jour dans la vie des jumeaux. Bé et Dé Bulle ont huit ans.

Aussi, ce matin, leurs parents se réveillent en même temps que le soleil. Ils veulent aller souhaiter un joyeux anniversaire à leurs fils.

— Espérons, pour une fois, qu'on aura été plus vite qu'eux, dit Ma à voix basse.

— C'est à souhaiter, répond lentement Pa.

Aussitôt levés, Pa et Ma se dirigent sans bruit vers la chambre de leurs fils.

Une fois rendus devant la porte, ils tendent l'oreille pour vérifier si les jumeaux sont bien réveillés.

À n'en pas douter, ils le sont. Et sûrement plus que moins.

Pa et Ma se regardent alors, étonnés.

Ils ne semblent pas surpris que Bé et Dé se soient réveillés avant eux. Non, ils sont habitués à ça.

Ce qui attire leur attention et leur curiosité, c'est d'entendre ce que leurs jumeaux se racontent. En écoutant les propos de leurs fils, Pa et Ma n'en croient

pas leurs oreilles.

— Iujeurd'hua, neus ivens huat ins.

— Huat ins chicun, çi fiat soazo ins ì doux.

— Peur los iutros, c'ost sûr, j'ia huat ins. Mias peur neus, neus ivens soazo ins. Neus, en multaplao teujeurs pir doux ot c'ost lo tetil qua cempto.

— Raon n'ost plus vria, vria-mont raon.

Pa et Ma n'y comprennent rien. Strictement rien.

— À quel jeu jouent-ils? se demandent alors les pauvres parents Bulle. Et quelle langue mystérieuse parlent donc Bé et Dé?

À coup sûr, ils ne parlent pas l'anglais et encore moins le français. C'est sûrement de l'ita-lien ou de l'espagnol car il y a beaucoup de o et de i dans les mots.

— C'est peut-être du russe ou du grec, ajoute alors Pa. C'est aussi difficile à prononcer que ces langues.

Mais au fond, peu importe quelle langue ils parlent. Que ce soit l'espagnol, l'italien, le russe ou le grec, où et quand les jumeaux peuvent-ils bien avoir appris cette langue?

C'est ce que se demandent Pa et Ma. Et le plus étonnant dans toute cette histoire, c'est que Bé et Dé ont l'air de parfaitement bien se comprendre. Ce langage bizarre leur semble familier.

Même si c'est toujours fortement déconseillé par tous les parents du monde, Pa et Ma ne se gênent pas pour continuer d'écouter en cachette à la porte de la chambre de leurs jumeaux.

— J'ia rôvó quo dos veyollos iviaont dos ialos ot qu'ollos veyigoiaont boiuceup ì l'antóraour dos phrisos.

— Mea iussa.

Pa et Ma ne savent vraiment plus quoi penser.

Ils se doutaient bien que leurs jumeaux étaient spéciaux, mais pas à ce point-là.

— Avec nous, ils parlent toujours clairement leur français, chuchote Ma à l'oreille de Pa. Je n'y comprends rien.

— Moi non plus, complète Pa. À l'école, ils ont pourtant d'excellentes notes en français. Ma, il faut faire quelque chose.

— Oui, ça c'est sûr, Pa. Il faut faire quelque chose. Mais quoi?

C'est alors que Pa a une idée de génie. Du moins, c'est ce qu'il aime croire.

Il laisse Ma continuer à écouter à la porte des jumeaux et se dirige rapidement vers le salon.

Quelques minutes plus tard, il revient avec un magnétophone dans les mains.

— Nous allons enregistrer leur conversation, dit-il à voix basse à Ma. Ensuite, nous pourrons faire analyser tout ça par des spécialistes qui sauront sûrement trouver la solution.

— Bonne idée, Pa, très bonne idée, ajoute Ma. Tout de même, il faut bien le dire, ces jumeaux, quel mystère!

Mais justement, parlant de mystère, le mystère reste entier.

Quelle langue parlent donc les jumeaux Bulle?

Et Pa et Ma réussiront-ils à comprendre le langage de leurs fils?

C'est à suivre.

3
Des poissons souriants

Selon leur plan, Pa et Ma Bulle envoient donc l'enregistrement à divers spécialistes.

En vain.

Pendant des semaines, ils reçoivent toujours la même réponse.

Mille regrets
mais nous n'arrivons pas
à percer le secret
de ce joyeux blabla.

Malheureusement, personne n'a l'air de savoir ce que peuvent bien se raconter les jumeaux.

Puis, un jour, la sonnerie du téléphone se fait entendre. Une spécialiste des langues veut rencontrer Pa et Ma le lendemain après-midi. Seule à seuls, c'est-à-dire sans les jumeaux.

— Enfin, on va peut-être comprendre, se dit Ma en raccrochant le combiné.

Le lendemain, Pa et Ma se rendent donc à leur rendez-vous. Ils se sentent nerveux. C'est normal, ils ont hâte de savoir.

Sur la porte du bureau de la spécialiste des langues, on peut lire:

Mme Tée, celle qui ne donne jamais sa langue au chat.

Ils entrent.

Personne en vue.

Une voix qui semble venir de nulle part se fait alors entendre:

— Veuillez prendre place et patienter beaucoup, beaucoup, car Mme Tée est en train d'apprendre à des singes comment ne pas faire de grimaces en public. Vous vous doutez bien que ce n'est pas une chose facile à faire.

Ma et Pa se regardent étonnés. Sont-ils au bon endroit? Et d'où provient cette voix mystérieuse? Comme si on avait lu dans leurs pensées, la voix continue:

— Ne vous inquiétez surtout pas, vous êtes au bon endroit. Mme Tée est une très grande spécialiste. Pour elle, il n'y a jamais de problème, il n'y a que des solutions.

Ils s'installent donc dans la salle d'attente.

Ils se regardent tout en souriant un peu nerveusement. Devant eux, il y a un aquarium géant rempli de superbes poissons tropicaux de toutes les couleurs.

Tout à coup, ils figent sur place.

— Vois-tu ce que je vois?
murmure Ma.

— Je pense que oui, répond
Pa.

En rang d'oignons, devant
leur vitre d'aquarium, tous les
poissons ont l'air de leur sourire. Ils semblent même battre
des nageoires comme s'ils leur
envoyaient la main.

— On devrait partir, Ma. Cet
endroit est trop bizarre et ça

ne m'inspire pas confiance du tout, du t...

— Monsieur et madame Bulle, je suppose, coupe alors Mme Tée qui vient de surgir dans la pièce. Je vous attendais. Vous pouvez passer dans mon bureau.

Trop tard pour reculer.

Néanmoins, on doit avouer que Mme Tée a plutôt l'air d'une diseuse de bonne aventure que d'une spécialiste des langues. Mais il ne faut jamais oublier que les apparences sont souvent trompeuses.

Dans le bureau de Mme Tée, quelques chats siamois se promènent. Bien malgré eux, Pa et Ma ne peuvent s'empêcher, avant de s'asseoir, de jeter un regard méfiant vers les chats.

— Rassurez-vous, ils ne parlent pas et ne sourient pas, explique alors Mme Tée. Ce n'est pas leur rôle. Mes chats, ce sont des chats de garde. Ils ne font que japper quand il le faut.

Et c'est ce qu'ils font aussitôt.

Puis, la spécialiste des langues s'approche de ses chats et les caresse doucement.

— Ils ne sont pas méchants, bien au contraire. Regardez-les, ils sont aussi doux que des agneaux.

En la voyant caresser ses chats, Pa se dit qu'il ne serait pas surpris de voir surgir des murs un éléphant qui siffle, un rhinocéros qui danse le ballet ou un serpent qui miaule.

D'un coup, Mme Tée se retourne vers Pa et Ma. Elle les

fixe quelques secondes avant de leur dire:

— Bon, venons-en au fait. J'ai écouté l'enregistrement que vous m'avez fait parvenir et je peux vous aider.

— Enfin! lance Ma tout en affichant un large sourire de satisfaction. Nous allons bientôt comprendre.

— Pas trop vite, coupe alors Mme Tée. Je ne peux pas vous aider tout de suite. Malheureusement, votre enregistrement n'est pas de très bonne qualité.

Pa et Ma sont déçus et ne le cachent pas. Pa semble même insulté. Après tout, c'est lui qui a fait l'enregistrement. Et il se considère comme un expert en la matière.

— Et puis, dans cette affaire, je dois consulter ma soeur, reprend aussitôt Mme Tée.

— Votre soeur? s'étonnent en choeur Pa et Ma.

— Oui, car je ne veux pas prendre de risques inutiles en allant trop vite. Elle devait être ici aujourd'hui, mais elle a dû s'absenter à la dernière minute. Elle sera là dans deux jours. Revenez donc me voir après-demain, à la même heure.

Sur ces mots, Mme Tée se

lève, sourit et se dirige vers la salle voisine où l'attendent probablement les singes. Pa et Ma comprennent de moins en moins ce qu'ils font là et à qui ils ont affaire. Ils semblent perdus.

Comme si elle avait lu dans leurs pensées, Mme Tée veut se faire rassurante avant de quitter les lieux. Elle se retourne vers Pa et Ma.

— Entre nous, je pense que c'est une question de voyelles. Mais pour l'instant, je ne peux pas en dire plus. Et dans deux jours, n'oubliez pas d'amener vos jumeaux. Cette fois, je veux les voir. Et surtout, je tiens à les entendre.

Puis elle disparaît derrière la porte.

Même si le mystère reste encore entier, les pauvres parents des jumeaux Bulle doivent se résigner à quitter les lieux. Ils ne peuvent s'empêcher de se poser de nombreuses questions.

Ont-ils frappé à la bonne porte?

Verront-ils finalement clair dans toute cette histoire de langage?

Une question de voyelles? Qu'est-ce que Mme Tée a bien voulu dire? Au moins, sait-elle de quoi elle parle? Et si c'était une fausse piste? Comment en être sûr?

Beaucoup de questions. Quelques indices.

Mais pas encore la moindre réponse.

Et l'aventure continue.

4
L'oiseau au bec jaune vif

Deux jours plus tard, toute la famille Bulle se présente au bureau de Mme Tée. Quinze minutes avant l'heure du rendez-vous.

Tout le monde semble nerveux.

— Qu'est-ce qu'on vient faire ici? demandent les jumeaux qui n'ont pas l'air très heureux d'être là.

Il faut dire que leurs parents ont été plutôt avares d'explications. Tout ce qu'ils ont pu savoir d'eux, c'est qu'ils allaient visiter une personne qui ne donnait jamais sa langue au chat. Et qu'en plus, cette personne avait une soeur.

Bien mince pour y comprendre quelque chose.

Durant l'attente, Pa et Ma ne peuvent s'empêcher de surveiller les poissons de l'aquarium. Heureusement, cette fois, Pa et Ma n'ont pas à attendre longtemps.

En voyant les deux soeurs arriver, Pa et Ma ont un choc. De leur côté, Bé et Dé ont un sourire ravi.

Il y a de quoi.

Mme Lée est une copie conforme de Mme Tée. Pour se ressembler autant, ce sont sûrement des jumelles identiques.

— Je comprends votre surprise, rassure aussitôt Mme Tée

en regardant Pa et Ma. Mais vous êtes tout de même habitués à ce genre de ressemblance. Après tout, vos jumeaux sont identiques. Et ils ont l'air charmants à ce que je vois.

Mme Tée se tourne alors vers sa jumelle et fait les présentations d'usage.

— Voici ma soeur Lée, la spécialiste des spécialistes. Avec nous, vous êtes entre bonnes mains. En effet, rien de mieux que des jumelles pour comprendre des jumeaux.

La ressemblance est vraiment étonnante. En plus, il faut dire que Mmes Tée et Lée sont des Chinoises. La famille Bulle a donc devant elle deux Chinoises identiques.

Mme Lée se dirige alors vers

une cage. Un bel oiseau au bec jaune vif en sort et vient se percher sur son épaule. Elle s'approche lentement de Bé et Dé tout en caressant doucement l'oiseau.

— C'est merveilleux, des animaux, vous ne trouvez pas?

Bé et Dé font oui de la tête.

— Maintenant, veuillez me suivre dans mon bureau, j'aimerais vous parler.

Les jumeaux ne se font pas prier pour la suivre.

Mme Tée vient alors expliquer à Pa et Ma qu'ils doivent rester dans la salle d'attente pendant qu'elle et sa soeur s'occupent du cas de leurs fils.

— Et rassurez-vous, ce ne sera pas long, nous avons déjà la solution. Il suffit de vérifier certains détails pour ne pas se tromper. Cont feas sur lo móta-or, romottoz vetro euvrigo.

Sur ces mots très bizarres, Mme Tée se dirige vers son bureau qu'elle partage avec sa soeur, Mme Lée.

À n'en pas douter, Mme Tée va bien s'entendre avec les jumeaux. Tous les trois semblent utiliser le même langage.

Dans la salle d'attente, Pa et

Ma contiennent mal leur nervosité. Si près du but, c'est difficile de rester calmes. Et de demeurer là à attendre passivement.

Mais il le faut.

Ils doivent laisser les spécialistes faire leur travail.

En paix.

Maintenant, l'explication ne devrait plus tarder.

Pour passer le temps, Pa et Ma décident de se tourner les pouces. Ce n'est pas l'activité la plus passionnante qui soit. Mais elle a l'avantage de ne pas être très compliquée.

Pour l'instant, Pa et Ma recherchent la simplicité.

Ça suffit largement à leur bonheur.

5
Deux pingouins et deux lapins

Pendant que Mme Tée expliquait la situation aux parents Bulle, sa jumelle faisait la preuve d'un de ses nombreux talents.

En entrant dans le bureau, elle s'était penchée vers le plancher. Puis, elle s'était retournée brusquement vers Bé et Dé.

Incroyable!

À la place de l'oiseau au bec

jaune vif, il y avait maintenant deux pingouins sur ses épaules. Et ce n'était pas tout! Dans chacune de ses mains, elle avait un lapin.

— Magicienne un jour, magicienne toujours! avait-elle lancé joyeusement aux jumeaux Bulle qui applaudissaient à tout rompre.

C'est à ce moment précis que Mme Tée était entrée dans le bureau.

— Mais voyons, Lée, ils ne sont pas ici pour assister à des numéros de magie.

— Je sais, je sais, Tée, c'était pour les distraire et les détendre un peu en t'attendant. Je n'oublie pas pour autant ce que nous avons à faire.

Les jumelles veulent en avoir

le coeur net. Elles pensent avoir percé le secret du mystérieux langage des Bulle. C'est le temps de vérifier si elles ont la bonne explication. Pour la circonstance, elles ont préparé une petite chanson.

Dang Deng
en ótiat Kang Keng
ot en jeuiat au pang-peng
dins los ruos do Heng Keng

Dang Deng
en ótiat Pang Peng
ot en veliat vors Heng Keng
dins los bris do Kang Keng

— Cemmont ivoz-veus fiat peur cemprondro sa vato netro lingigo? demandent alors les jumeaux.
— C'est simple, répondit

Lée. Chez nous, à Hong Kong, quand on était jeunes, on faisait la même chose que vous. On jouait à déformer les mots. Nous aussi, on s'était inventé un langage.

— C'est pour ça que vos parents vous ont amenés ici, continue Tée. Eux aussi, ils aimeraient bien vous comprendre. Pour pouvoir mieux jouer avec vous. Vous savez, les parents aiment ça quand ils comprennent leurs enfants.

— Mais pourquoi ne nous ont-ils pas demandé de leur expliquer? lance Bé.

— Tout ça aurait été plus simple, continue Dé. On leur aurait dit comment faire. S'ils veulent apprendre le blabla, ils n'ont qu'à le dire. On va leur montrer. Et tout de suite, à part ça.

Les jumeaux veulent sortir pour rejoindre leurs parents.

— Attendez, on a un plan, coupent alors les jumelles. Vos parents auront une agréable surprise.

Pendant que les jumeaux et les jumelles préparent leur surprise, Pa et Ma commencent à trouver le temps très long. Ils entendent des rires et même des applaudissements.

Ils se demandent ce qui se passe derrière la porte du bureau. Mais cette fois, ils résistent à la tentation d'aller écouter à la porte. Il faut le dire: Pa et Ma sont de grands curieux. Ils veulent toujours tout savoir.

Sur tout.

Une chose est sûre: présentement, dans ce bureau, à part Pa et Ma, tout le monde a l'air de bien s'amuser.

Même les poissons, les chats, les lapins, les pingouins et l'oiseau au bec jaune vif.

6
Le blabla

Tout est prêt.

Mme Lée sort alors du bureau et se dirige vers Pa et Ma. Elle affiche un grand sourire.

— Ça y est. Nous avons trouvé. Vos fils parlent le blabla.

— Le quoi!?! s'exclament en même temps Pa et Ma.

— Oui, oui, vous avez très bien entendu. Il y a le français, l'anglais et des milliers d'autres langues qui se parlent un peu partout sur notre planète. Le blabla est l'une de celles-là.

— Je n'ai jamais entendu parler de cette langue, avoue Ma.

— Moi non plus, ajoute Pa.

— Eh bien tant mieux! car vous allez apprendre tout de suite comment ça fonctionne, continue Mme Lée. Vous ver- rez alors que c'est simple de parler le blabla.

À son tour, Mme Tée sort du bureau. Pour la circonstance, elle est accompagnée des jumeaux déguisés en poissons tropicaux. Ils portent de mer- veilleux costumes hauts en cou- leur.

Il saluent leurs parents pen-

dant que Mme Tée se dirige
vers le piano. Aussitôt assise,
elle fixe les jumeaux, compte
jusqu'à trois et entreprend de
jouer. Dès les premiers accords,

les voix de Bé et de Dé se font entendre.

— Mais c'est un concert improvisé, chuchote Pa à l'oreille de Ma. Je ne savais pas qu'ils chantaient, ces deux-là.

Ma lui fait signe de se taire et d'écouter. En effet, ce que disent les jumeaux est d'une extrême importance. Pour tout le monde.

Mais surtout pour Pa et Ma.

*Dans le blabla
quatre voyelles
ont des ailes
et tout est là.*

*Comme en français
ou en anglais
on se sert toujours
du même alphabet.*

Très exactement
les mêmes vingt-six lettres
avec seulement
quatre petits changements.

Le a devient i
alors ma devient mi
et le i devient a
alors ri devient ra.

Le e devient o
alors te devient to
et le o devient e
alors do devient de.

Chers Pa et Ma
voilà pour le blabla
vous pouvez maintenant
le parler tout le temps.

Pendant la chanson, Pa se fait
un petit tableau où il résume le

principe des changements de lettres.

$$a=i$$
$$i=a$$
$$e=o$$
$$o=e$$

À la fin du concert des jumeaux, Pa prend aussitôt la parole et s'exclame à haute voix:

— Ce n'était que ça! Je m'en doutais aussi. Encore quelques minutes et j'aurais trouvé la solution. J'étais sur la bonne piste.

— Vantard, lance alors Ma. Encore hier soir, tu pensais que les jumeaux parlaient une sorte de polonais. Tu n'y étais pas, mais pas du tout.

De bon coeur, tout le monde se met à rire.

Y compris Pa.

— Tout ce que je souhaite, ajoute Ma, c'est que les consonnes ne commencent pas à avoir des ailes et à voyager comme les voyelles. Parce que là, mes chers enfants, on n'en finirait plus d'essayer de se comprendre.

— Rujé, rcahcé, ça ne se refa sap, lancent les jumeaux à leur mère en riant aux éclats.

Intelligents et vifs, les jumeaux!

Et beaucoup moins distraits qu'on le raconte!

Table des matières

Achevé d'imprimer
sur les presses des Ateliers des Sourds Montréal (1978) inc.
1er trimestre 1989